Que la vie est belle !

Loi n° 49-956 du 16 juillet 1949 sur les publications destinées à la jeunesse
ISBN 978-2-09-252241-7
N° d'éditeur : 10176856 - Dépôt légal : février 2011
Imprimé en France - L56149d

Que la vie est belle !

TEXTE DE RENÉ GOUICHOUX

ILLUSTRÉ PAR MYLÈNE RIGAUDIE

Nathan

Ce matin, comme d'habitude,
Toriki le petit lièvre sort de son terrier
et respire l'air de la savane.
Puis il croque quelques fruits délicieux
dans un buisson et dit :

Toriki gambade de-ci, de-là,
dans les hautes herbes.
Il chantonne :

Au détour d'un chemin,
il aperçoit Kouma
la grande girafe.
Celle-ci tend son long cou
vers le sommet
d'un baobab.
Gourmande, elle y cueille
les feuilles tendres.
Elle s'écrie :

Toriki le petit lièvre pense qu'elle a de la chance. Elle est si grande !

Kouma soupire :

– Tu voudrais être grand ?

Eh bien, moi, je rêve d'être petite.

Je pourrais alors me cacher dans les buissons et avoir un terrier pour moi toute seule. Ah, si seulement on pouvait échanger nos tailles !

Toriki propose alors :

Et c'est ainsi que petit Toriki et grande Kouma s'en vont voir Marabout, l'oiseau sorcier de la savane.

L'une est grande
et veut rapetisser,
l'autre est petit
et veut grandir.
Ensemble, la girafe
et le lièvre
s'exclament :

L'oiseau sorcier
de la savane répond :

Pourquoi pas ?
Vous êtes prêts ?
À la une, à la deux,
à la trois !

Et hop ! voici Kouma et Toriki
transformés selon leurs désirs.
Kouma est heureuse.

Elle gambade dans les petits buissons.

Et hop !
encore un saut.

Et hop ! encore
un fruit
à croquer.

Maintenant, elle
se cache de Toriki.

Coucou, Toriki !
Vois-tu comme
je suis bien
cachée ?

Toriki, lui, est le plus heureux
de tous les lièvres.
Il est si grand qu'il peut croquer
les feuilles tendres de l'arbre de Kouma.

Et maintenant,
il déclare :

Comme le monde autour de lui semble petit ! Il se trouve si fort désormais.

Mais soudain, Toriki entend une grosse voix.

C'est Messire Lion qui passe par là et qui gronde :

– Miam, un gros lièvre pour mon déjeuner.

Catastrophe !
Il faut fuir,
et vite !

Mais ses grosses pattes de lièvre
ne font que de tout petits sauts.
Et pas question de se réfugier
dans son terrier !
Toriki s'écrie :

Non, car Kouma surgit devant Messire Lion.

Elle demande :

As-tu déjà croqué une petite girafe dodue ?

Le lion n’en croit pas ses yeux.
Une girafe minuscule ! Miam !
En apéritif, cela doit être délicieux.
Il jette un œil sur le lièvre en déclarant :

– Toi, je te mangerai plus tard.

Et il se précipite vers la girafe.

Vite, celle-ci se glisse
dans les buissons de la savane.
Messire Lion la poursuit.
Mais, il s'empêtre dans les ronces.

Kouma l'appelle,
cachée derrière
un arbre.

Roar !
Le roi des
animaux rugit
de colère.

Pendant ce temps, Toriki s'est enfui. Il est reparti chez Marabout le supplier de lui rendre sa petite taille.

Ce n'est pas
si facile
de changer
de peau !

De son côté, Kouma court jusqu'au terrier de Toriki pour se mettre à l'abri. Elle s'y glisse.

Mais bientôt, la voici plongée
dans l'obscurité la plus totale.

Elle panique :

Affolée, Kouma ressort plus vite
qu'elle n'est rentrée.

Finalement, Kouma la girafe préfère cueillir les feuilles tendres des grands arbres.

Au bout du chemin, Marabout
apparaît en compagnie de Toriki.
Il rend sa vraie taille à Kouma.
La grande girafe le remercie.
Puis elle ajoute :

Elle penche son long cou
vers le sol. Toriki le petit lièvre
grimpe sur son dos.

La grande girafe et le petit lièvre tendent le cou vers le ciel et ensemble ils disent :

Le texte à lire dans les bulles est conçu
pour l'apprenti lecteur.
Il respecte les apprentissages du programme de CP :
le niveau TRÈS FACILE correspond
aux acquis de septembre à décembre,
et le niveau FACILE à ceux de janvier à juin.

Cette histoire a été testée à deux voix
par Francine Euli, enseignante, et des enfants de CP.

Découvre d'autres histoires dans la collection
nathanpoche premières lectures

LECTURE FACILE

T'es trop moche, Jim Caboche !

de Guy Jimenes, illustré par Benjamin Chaud

Arno a très envie de **jouer** au pirate avec son **papa**. Mais celui-ci est trop occupé à réparer la voiture. Pauvre Arno ! Comment faire pour obliger son père à se battre comme tout **pirate** qui se respecte ? Il n'y a plus qu'une solution : le provoquer en duel !

La tour Eiffel a des ailes !

de Mymi Doinet, illustré par Aurélien Débat

Aujourd'hui, la tour Eiffel a des fourmis non pas dans les jambes mais dans les **piliers** : la **dame de fer** a envie de bouger ! Et si elle prenait des petites vacances, loin de **Paris** ? Voici une **touriste** peu ordinaire !

Bas les pattes, pirate !

de Mymi Doinet, illustré par Mathieu Sapin

La princesse Zoé passe ses **vacances** sur le bateau de son père, le roi Igor. Elle commence tout juste à **s'amuser** avec le matelot Léo, lorsqu'une menace s'abat sur le navire : des **pirates** !

J'aime pas les côtelettes !

de Mymi Doinet, illustré par Fabrice Turrier

Monsieur et madame Croktoucru sont fiers de leur bébé ogre ! Mais très vite, c'est la catastrophe pour les parents croqueurs de chair fraîche : Oscar n'aime ni la bouillie de viande hachée, ni les côtelettes ; il préfère la compote et les carottes ! Quelle est donc cette terrible maladie ?

Sauve qui pou !

de Mymi Doinet, illustré par Gaëtan Dorémus

Pablito, le petit **pou**, est ravi : il a trouvé une **tête** où faire son nid ! Il glisse sur les nattes de Sara comme sur des toboggans. Mais la fillette n'est pas d'accord. Elle en a assez de se **grattouiller** la tête. Gare à toi petit pou, la chasse est ouverte !

Il était une fois... un loup vert !

de Laurence Gillot, illustré par Aurélie Guillerey

Selon Arthur, l'histoire du loup vert que sa petite sœur Nina lui raconte, est ennuyeuse. Son loup n'est même pas féroce ! Mais malgré ces reproches incessants, Nina poursuit son histoire...